당신만 보입니다

땅에 있는 하늘나라 6

당신만 보입니다

초판 1쇄 발행 2019년 4월 22일

지은이 | 김영자
펴낸이 | 김영애
펴낸곳 | 조이웍스
등   록 | 제406-2010-000106호
주   소 | 경기도 파주시 광인사길 223
전   화 | (031) 955-7580
전   송 | (031) 955-0910
전자우편 | thaehaksa@naver.com
홈페이지 | www.thaehaksa.com

값은 뒤표지에 있습니다.

ISBN 979-11-85172-10-1 03810

땅에 있는 하늘나라 6

당신만 보입니다

김영자

Joy Works Books
조이웍스

사랑하는 당신들에게 드릴 것 없어
시를 지어 가난한 내 마음을 선물로 드립니다.

내가 밟고 선 땅 만큼이라도
하늘나라 화원으로 꾸미고 싶어서
오늘도 사랑이란 씨를 심고
김을 매고
자갈을 골라내고
내가 거름이 되어
정성 다해 가꾸어 갑니다.

이 시들은
그 과정을 그려내고 있습니다.

이 시가 떨어지는
그 어느 마음 밭이든
그곳이 하늘나라 꽃밭이 되길 염원합니다.

사랑하는 주님께서 살으시고 가꾸시고
전파하셨던 하늘나라가
오늘도 이 작은 시집을 통해서라도
확산되기를 기도하면서
이 시집을 주님의 손에
그리고 당신 손에 올려 드립니다.

이 시집을 언제나 소명으로 알고
편찬해 주시는 태학사
지현구 사장님 내외분의 은혜에
끝없는 감사를 드립니다.

| 목차 |

1부

/

당신만
보입니다

이른 아침에 받은 선물

남편이 아침 일찍 묵상을 마치고
쪽지 하나를 적어서 내 컴퓨터에 부쳐 주며
"선물!" 합니다

"우리가 감사함으로 그 앞에 나아가며
시를 지어 즐거이 그를 노래하자"(시편 95:2)

아 – 얼마나 아름다운 선물인지요!

내가 시를 쓰는 걸
인정해 주고 기뻐해 주며

하나님의 뜻이니 더 열심히 하거라
격려해 주는
남편의 마음이 담긴
이 한 절 하나님 말씀이
오늘을 행복으로 시작하게 하며

더 열심히 시를 지어
주님을 노래하고픈 열정이 샘솟게 합니다

아직도 꿈을 꾸는 나

참 아름다운 주님의 세계를 바라보며
나도 아름답고 싶어
아름다울 것 하나없는 나이에도
아름다움을 만들고 싶은 꿈을 꿉니다

어떻게 하면 조금이라도 더
고운 생각을 하며
착한 말을 하며
선한 행동을 하며
주변을 아름답게 만들 수 있을까?

사람은 꿈을 꾸면서 살아야 하기에
저는 아름답게 살다가
아름답게 이 땅을 떠나고 싶은 꿈을 꿉니다

그리고 내 사랑하는 주님은
그 꿈이 당신의 마음에 드시면
이루어 주시리라는 것도 저는 압니다

당신만 보입니다

무엇을 보아도 늘 당신만이 떠오릅니다

찬란히 떠오르는 아침 해를 보아도
그 해를 받쳐 올리는 넓고 푸른 바다를 보아도
형용할 수 없이 아름다운
꽃 한 송이의 매혹적인 자태 속에서도

어쩔 수 없이 사랑에 빠진 저는
주님, 당신만 보입니다

슬픔 속에서도
기쁨 속에서도
아픔 속에서도
행복 속에서도

제 눈엔 당신만 보입니다
내게 자신을 다 내어 주신

불평 없는 삶

불평 없는 삶이 있다면
그건 사명자의 삶입니다

하나님이 하시는 일이라면
그분의 뜻이라면
이렇게 생각하며 사는 자에게
어찌 불평이 있을까요

사사 건건 불평하다가
광야에서 멸망 당한
이스라엘 백성을 보면서
불평 대신 감사로만 살다가
주님 부르시는 날
기쁨으로 주님 뵙기 원합니다

닮고 싶은 손

오늘은 손이 참 고마웠습니다
쉬임없이 뛰면서 생명을 지탱해 주는
심장도 고맙지만
얼굴도 닦아 주고
입에 밥도 넣어 주고
옷도 입혀주며
온 몸을 섬기는 손이
너무도 고마웠습니다

섬김을 받는 지체보다
불평 한번 없이
겸손히 일평생을 섬겨준
쭈글 쭈글한 두 손이
오늘은 유난히도
소중하고 고마워집니다

사랑의 무게

온 세상의 죄짐만큼 무거운
십자가를 지고 가셨던 주님은
내 멍에는 쉽고 내 짐은 가벼우니
수고하고 무거운 짐진 자들아
다 내게로 와서 쉬라 하십니다
어찌 주님의 십자가가
가볍단 말입니까!
그분의 그 십자가는
사랑이었기 때문입니다

사랑은 무거운 줄을 모릅니다

어떤 대화

"여보, 우리 남은 날들 살면서
서로에게 이렇게 하면 어때요?
당신은 내가 먼저 가면
이렇게 할 걸 하는 걸 지금 하고
저는 당신이 먼저 가시면
저렇게 해 드렸을 걸
하는 걸 지금하고……"

그때 남편의 대답입니다
"여보, 난 당신이 먼저 가면
아마도 아내가 있었으면
이렇게 해 주었을텐데……
저렇게 해 주었을텐데……
그렇게 생각할 것 같은데?"

아~ 이번에도 제가 졌습니다

시와 함께 걸어 온 길

오늘은 나의 분신인 시에게
감사하고 싶습니다

시를 쓰기 시작한 후부터
시는 나의 일부가 되어
마음이 울적할 땐 친구가 되고
마음이 기쁠 때는 노래가 되었습니다

시가 아니면 만날 수 없었던
소중한 이들을 만나게 해 주었고
내가 갈 수 없는 곳 찾아다니며
주님의 사랑을 전해 주었습니다

오래 오래 나와 함께 살다가
주님 부르시는 날
영원한 나라에도 함께 가자고

시에게 부탁합니다

보이는 시야

거실에 앉아서 바라보는 경치는
유리 창문 크기만큼입니다

내가 바라보는 세상도
내 크기 만큼 일 테지요

문을 열고 밖으로 나가야
더 넓은 세상을 볼 수 있듯이
내 좁고도 좁은 아집을 버릴 때에
더 넓고 아름다운 세상을 보게 될 것입니다

안전 착륙

비행 조종사에게
안전 착륙은
잘 이륙하는 것과
잘 비행하는 것만큼 중요합니다

미끄러지듯 충격없는 이륙에 성공하고
높고 멋지게 장거리 비행을 잘 하였다 해도
안전 착륙에 실패한다면
그 여행의 결말은 실패입니다

우리 인생도 성공적으로 시작하고
멋지게 남보다 앞질러
더 높이 비상(飛上)했다 해도
안전 착륙에 실패하면 실패입니다

아름다운 피겨 스케이터의
멋진 트리플 점프보다 더 중요한 것은
멋진 랜딩(landing)이듯이

사뿐히 마지막 랜딩에 성공하는 것이
저의 끊임없는 연마이며 기도입니다

봄이 아름다운 건

춥고도 춥던 날씨는
엄마의 품처럼 포근해 지고
꽁꽁 싸매고 거리를 나서던 이들은
무거운 겨울 옷을 벗어던지고
나비처럼 가볍게 걷네

멀리 떠났던 새들도
다시 돌아와 지지 배배 노래하고
움추려들었던 마른 나무엔
저마다 다투어 새순이 돋네

추운 겨울을 잘 견디어 내어
아름다운 봄을 만나는 자연처럼
우리도 고난을 참고 이기면
아름다운 시절을 맞게 되리

환희(歡喜)

그대의 가슴에서 환희가
한여름 분수에서 시원한 물을 뿜어내듯
뿜어져 나온 일이 언제입니까?

환희가 그대 가슴속에서
자주 춤을 추게 하세요
환희는
마음속의 독소를 제거해 줍니다

사랑하는 이들과 함께 있을 때
모르던 것을 배워서 어두운 눈이 뜨일 때
신뢰하던 하나님이 응답하실 때
새 봄이 찬란함으로 환호할 때
아름다운 주님이 내 안에서 미소지으실 때
한 영혼이 내 격려에 새 힘을 얻고 일어설 때
나 같은 것이 쓰임을 받음을 느낄 때
아무 이유도 자격도 없이 사랑을 받을 때
내게 불이익을 준 사람이 이해되고 용서될 때

새날 아침에 건강한 몸으로 눈을 뜰 때

자연 속을 걸으며 내가 아직도 살아있음을 호흡할 때

……할 때

……할 때

……할 때

소리없이 밀려오는 환희를 보듬어 안으세요

환희는 주님이 입혀주시는

아름다운 채색 옷입니다

신실하신 주

주님과 저의 만남은
처음부터 아름다웠습니다
그 후로도 신실하신 주님은
한번도 제 곁을 떠나지 아니 하셨습니다

내가 누구인가 하는 것으로
내게 대하시지 아니하시고
주님이 누구이신가 하는 것으로
저를 대해 주셨습니다

오 아름다우신 분이시여
주님을 닮을 수만 있다면
당신처럼 변함없을 수만 있다면
이것이 저의 기도입니다

오늘은 내일의 추억

추억이란
지난날들을 돌아보며 느끼는 감상입니다

내일은 오늘을 추억할 미래

다람쥐들이 가을 열매를
겨울을 위해 갈무리하듯
저 또한 추억할 미래를 위해
오늘을 곱게 가꾸고 있습니다

부활의 사람들

우리 주님 부활하셨던 그 새벽처럼
우리는 매일 새벽
부활의 사람으로 눈을 뜹니다

부활의 사람들이란
사망의 권세를 정복한 사람
새로운 생명으로 태어난 사람
부활의 메세지를 전파할 사명의 사람
영생의 몸으로 사는 사람입니다

부활의 사람들만이
흑암 속에 있는 이들에게
평안의 소식을 전할 수 있습니다

부활하신 예수님을 만났던 제자들이
더 이상 두려움과 포기로
숨어 지내지 아니하고
용감한 복음의 사도로 그 생을 마쳤듯이

우리 부활의 사람들도

그렇게 살기 위해

매일 새벽 눈을 뜨는 것입니다

주님과 산책

아름다운 주님의 세계에서
꽃 밭을 거닐 듯
주님과 함께 거닐면서
주위의 모든 사물을 즐기며
모든 사람들을 사랑하며
마치 이른 아침 새소리,
산골짜기에 졸졸 흐르는 시냇물 소리,
그리고 깔깔 웃는
어린 아기의 웃음소리 가운데서 들리는
주님의 음성에 귀를 기울입니다

주님과 함께 하는 산책은
어찌 이리도 달콤한지요

2부

/

사랑하세요
아프더라도

신앙이란

신앙이란
"왜 나에게 이런 역경이 찾아오느냐"란 질문 대신에
역경 가운데서 나와 함께 하시는
하나님의 사랑을 느끼는 것이며
역경 가운데서 말씀하시는 음성에
귀를 기울이는 것입니다

신앙이란
사면이 적으로 둘러쌓인 상황에서도
뚫린 하늘을 바라보며
하나님의 도우심을 바라는 것입니다

신앙이란
나의 한계가 하나님의 시작이며
나의 무력함이
하나님의 능력을 힘입는 때임을 알아
마지막까지 포기하지 않는 힘입니다

신앙이란
이 땅 위에서의 경주가 끝이 아니요
마지막 날 하나님 앞에서 가
결승점임을 아는 것입니다

신앙이란
유한한 인간의 생명 속에
영원하신 하나님의 영이
거하심을 아는 것입니다

신앙이란
폭풍 속에서도 무지개를 미리 보는
신뢰입니다

없었더라면

당신에게 있는 그 어떤 것이든
한번 "만일 없었더라면"이라고
가정해 보세요

"눈이 만일 없었더라면"
"손이 만일 없었더라면"
"예수님이 내게 안 계셨더라면"
"당신이 내 삶에 없었더라면"

그러면 당신이 지금 소유한 그것이
얼마나 소중한 것인지 알게 될거예요

우리가 지금 가지고 누리는 모든 것은
하나님의 다함 없으신 은혜입니다

포기할 수는 없습니다

거의 매일 사명처럼 시를 쓰는 저는
때론 힘이 들어 포기하고 싶어집니다

여건이 허락하지 않는다고
아무도 더 이상 읽어 주지 않는다고
자기도취에 빠져 헛 일을 하고 있다고
포기하는 법도 배울 필요가 있다고
매일 쓰면 신통한 게 나올 승산이 없다고
이젠 나도 지쳤노라고……
이 길을 포기할 수는 없습니다

그런데 오늘은 정말 그만두고만 싶었습니다
그만 둘 뻔 했습니다
졸업식을 하듯이 졸업해 버리고 싶었습니다
정말로 포기하고 싶었습니다
유혹이 너무 강했습니다
그만두면 얼마나 홀가분 할까 싶었습니다

그런데……
그런데…… 그게…… 안되는 겁니다

하나님과 맺은 약속이었기 때문입니다

정말로 정말로
너는 사람보지 않고
하나님만 바라보며
그분 앞에서만 살아갈 수 있겠느냐고
제 스스로에게
묻고 또 물었습니다

그리고 그 대답은
"그래야만 한다"였습니다
그래서 포기할 수는 없습니다

포기할 수 없는 그 고통이 너무 아프지만
아픔마저 주님께 올려드립니다

아픔을 통과해야만
아기도 태어나고
부활도 있는 것 아니냐고
나 스스로를 타이르면서

긍정 선택

하루 안에 낮도 있고 밤도 있듯이
세상 모든 것들 안에는
긍정과 부정이 함께 삽니다

어떤 물건에도 흠이 있으며
어떤 사람에게든 부족한 부분이 있습니다

어떤 이는 부정적인 부분을 보고 못마땅해 하고
어떤 이는 긍정적인 부분을 보고 기뻐합니다

부정과 긍정의 선택은 각자에게 달려 있으며
이 선택이 우리의 삶을
불평과 감사로
불행과 행복으로 갈라 놓습니다

그럼에도 불구하고

아무리 사랑하고 싶어 사랑한다 해도
내가 밤송이면
내가 껴안는 이웃은 찔려서 아플 것이요
내가 폭신한 솜이불이면
내가 껴안는 그 이웃은 포근하겠지요

사랑하기 위해 살아간다고
믿고 외치며 살아도
제가 아직도 덜 깎여서
제가 껴안는 이웃은 아파하기 일수죠

사랑하기 전에
나를 세우는 일이 먼저인가 봅니다

그럼에도 불구하고 주님은
이 모나고 미련한 저를
당신이 찔리시면서도 꼭 안아주십니다

제 몸의 가시는
주님 몸에서 부스러집니다

주님 때문에
조금씩 조금씩 저는 깎이고 다듬어집니다

저도 주님처럼 그렇게
상처있는 이들을
꼭 안아 줄 수 있으리이까?
이것이 제 기도입니다

선택

밤에 밖에 나가면
캄캄한 어둠이라고 말하는 이도 있겠지만
하늘을 올려다 보며
별을 세는 이도 있습니다

절망을 세는 이도 있지만
희망을 세는 이도 있습니다
이제는 그만이라고 생각할 수도 있지만
아직 한 번 더라고 생각할 수도 있습니다

예측할 수 없는 바다를 항해 하면서도
아직 닿지 않은 항구의 불빛을
마음속에 그려 볼 수도 있습니다
모두가 나의 선택입니다

고향에서의 그리움

추억 속에 묻힌 이들은
지금 어디서 무엇을 하고 있을까?

내가 고국을 떠나던 날
남겨두고 갔던 이들은
지금은 다 어디로 갔을까?

세월은 나보다도 더 빨리 달려
내가 세월을 따라잡지 못하고
뒤처진 채 서성대다 왔는데

멀리 타향에서 그립던 이들
고향에 돌아오니
더더욱 그리워지네

그때 그 젊고 꿈많던 친구들
젊은 모습으로
영원히 내 안에 정체된 채

아직도 이 땅에 살고 있는지
아직도 살아 있기나 한 건지

복의 근원

복의 근원이 된다 함은
끊임없이 생수를 퐁퐁 품어내는
우물이 된다는 말입니다

고인 물을 퍼내기 위해
우물이 존재하듯이
우리도 퍼 내기 위해 채워야 합니다

우리가 비우기를 두려워하지 않으면
하나님은 채우시기에 바쁘시리라는 걸
저는 잘 알고 있습니다

타올

새 아침 맑은 마음으로 일어나
씻고 타올로 말립니다

타올이 젖는 만큼
저의 몸은 마르는 것을 보면서
나는 타올만큼이라도
나를 적셔서
이웃을 말려 준 일이 있나

또 생각에 잠깁니다

사랑한다 함은

사랑한다 함은 기억한다는 말입니다

함께 했던 순간들
같이 갔던 장소들
굳게 맺은 약속들
그가 좋아하는 것
그가 싫어하는 것
그의 모습
그의 음성
모두 모두 기억나야 합니다

아무것도 기억하지 못하면서
사랑한다고 말할 수는 없습니다

사랑한다 함은
앉으나 서나 그분이
기억 속에서 떠나지 않는 것입니다

당신이 진정으로
예수님을 사랑하신다면
그분의 모든 것이 늘 기억나야 합니다

추억의 봄 뜨락에서

늘 그래왔듯이
전혀 소란스럽지 않게
눈보라치던 언 땅을 밟고
찬란한 봄이 내 곁으로 왔습니다

추억의 봄 뜨락에 선 나는
아이였고
소녀였고
청년이었습니다

언제나 봄은 갔다가 또 올 것이고
나는 봄마다 다시
아이로 살고
소녀로 살고
청년으로 삽니다

성공하려면

우리는 보이는 세계 속에 살고 있지만
보이지 않는 세계의 지배를 받고 삽니다
보이는 삶에 성공하려면
보이지 않는 내면의 세계에서
승리해야 합니다

경제 불황보다 더 두려운 것은
우리 속에 파고드는 불안입니다
질병보다 더 두려운 것은
절망하는 것입니다
아무리 많이 소유하여도 허전한 것은
내면의 빈곤 때문입니다

더 많이 가지려는 사람은
더 많이 주려는 사람보다 항상 더 가난합니다

나를 지키려는 사람은
나를 부정하는 사람보다 항상 더 연약합니다

보이는 환경이 나를 형성하는 것이 아니요
내가 어떤 환경을 만드는가 나의 실존입니다

연약한 나의 내면을
강하신 주님으로 채워서
세상을 변화시키는
성공적 삶을 살아가기를 원합니다

계절 없는 마음

제 마음은 계절이 없습니다

겨울 날씨에도 따뜻하고
나뭇잎 지는 가을이 와도
진달래 꽃을 피우고
혹한이 몰아치는 겨울에도
은혜의 바다에서 헤엄칩니다

마음에는 계절이 딱히 없음이
이리도 감사할 수가 없습니다

나를 통과하면

무색의 빛이 프리즘을 통과하면
각가지 아름다운 색으로 반사되듯이
나를 통해 지나가는 모든 것들은
더 아름다운 것들로 바뀌면 좋겠습니다

조개 속에 들어간 모래가
아름다운 진주가 되어 나오듯
내 안에 들어온 아픔들이
빛나는 보석으로 변하면 좋겠습니다

내 삶에 찾아온 어떤 환경도
내 곁에 머물다 간 어느 누구도
나를 통과한 후에는
더 좋아진다면 좋겠습니다

형들의 미움이 요셉을 통과하니
백성을 구하는 선이 되었듯이
어떤 어두움도 나를 지나가면

길을 밝히는 빛으로 변하면 좋겠습니다

여기 나를 비워 드리나이다
여기 나를 눕혀 드리이다
통과하도록
지나가도록
그래서 주님이 일하시도록

의연함

대하는 사람의 얼굴 표정 하나에서도
바람에 민감한 나뭇잎같이
쉽게 영향을 받는 내 모습에 놀라며
내면에 파문이 일기 전에
주님께 초점을 맞춥니다

주님께 초점을 맞추는 순간
의연을 되찾은 나는
속임에 실패하고 도망가는
사탄의 뒷모습을 보며
웃음이 나옵니다

사랑하세요 아프더라도

사랑하세요
사랑이 당신을 아프게 할지라도

주님이 우리를 사랑하시되
십자가에서 죽기까지 하셨던 것처럼
그 아픔이 당신의 사랑을
그만두게 하지 않도록 하세요

아플 때까지 사랑하지 않으면
열매 맺지 못하고 떨어지는 꽃처럼
사랑이 결실하지 못하며
하나님의 사랑을 보여 줄 수 없습니다

사랑하기를 멈추지 마세요
사랑이 당신을 아프게 할지라도

안전하고 좋은 말

말하는 사람이 하는 말을 듣는 사람은
자기의 처지와 생각과 성품으로 듣습니다
그러기에 같은 이야기도 듣는 이의 귀를 통과하면
다른 이야기로 변할 수 있습니다

내 말이 백퍼센트
이해가 되리라는 기대나
그대로 전달되리라는 생각은
순진한 생각입니다

우리가 모든 말을 사용할 때에
잊어서는 안될 것은
그 말이 어떤 사람의 귀에 닿든지
안전하며
평안과 힘과 소망과
기쁨을 더 해 줄 수만 있다면
안전하고 좋은 말입니다

주님만이 이유

제가 하고 있는 그 어떤 일들도
주님만이 이유이기를 원합니다

책을 읽는 일도
글을 쓰는 일도
주님과 사귐을 갖는 것도
이웃과 사귐을 갖는 것도
만나는 이들에게 기쁨을 주는 일도
아름답게 나를 가꾸는 일도
내가 좋아하는 취미 생활을 하는 것도
주님 나라를 선포하는 것도
오직 당신만이
그 이유가 되기를 원합니다

이해

문화의 차이는
나쁜 것도 아니며
틀린 것도 아님에도 불구하고
우리는 내게 익숙한 문화로
타 문화를 비판하기 때문에
아름다운 삶의 오케스트라를
연주해야 할 우리들이
불협화음을 만들어 냅니다

나와 전혀 다른 이웃을 이해하는 일은
오직 하나님의 영으로만 가능합니다

3부

갈릴리
청년 예수

선재하는 사랑

아버지의 품을 떠나 방탕하던 아들이
뉘우치고 돌아왔을 때
아버지는 그를 용서하고 받아주십니다
이것은 예수님이 말씀하신
하나님 나라 비유입니다

아들이 회개하였기에
아버지가 받아준 것입니까?
아니면 아버지의
변치않는 사랑이 있었기에
아들이 돌아올 수 있었던 것입니까?

아들의 회개가
하나님을 움직인 것이 아니요
하나님의 사랑이
아들을 움직인 것입니다

마음도 흐르는가

하늘을 우러르면
흰구름 흘러가고
산골짜기 따라
냇물도 흘러가네

가만히 서 있는
내 인생도 흘러가고
잡아 맨 내 마음도
그리움 따라 흘러가네

사랑하는 이들의 애틋한 마음도
멀고 먼 내 마음까지
산넘고 물건너 흘러 흘러 찾아왔네

구름처럼
물처럼
마음도 제 길 따라
이렇게 흐르는 것을

쉐마

"이스라엘아 들으라……
너는 또 그것을
네 손목에 메어 기호를 삼으며
네 미간에 붙여 표로 삼고
또 네 집 문설주와
바깥 문에 기록할지니라" 하신
신명기 6장 4절~9절부터의 말씀을
'쉐마'라 하며
이는 '들으라'란 뜻입니다

이 말씀을 문자 그대로 적용하여
작은 박스에 말씀을 넣어서
손목과 이마에 붙이고 다니는
보수주의 유태인들을 저는
성지 순례하며 보았습니다

그러나 오늘 저는 이렇게 깨닫습니다
손목에 하나님의 말씀을 멘다는 말은

내 손으로 하는 모든 일들이
말씀에 대한 순종이아야 하며

미간에 붙여 표를 삼는다 함은
내 얼굴로
하나님의 존재하심이 들어나야 하며

문설주에 기록한다 함은
우리 집에 들어오는 이들이
하나님의 임재를 느끼게 해야 하며

바깥 문에 기록한다 함은
지나가는 이들까지도
우리 집이 벧엘(하나님의 집)임을
알 수 있게 살라는 말씀으로 듣고 있습니다

날려 보내는 꽃씨

여러 곳을 다니고
여러 사람을 만나고
많은 이야기들을 나눈 하루 해가 집니다

온종일 나누었던 그 숱한 말 중에
민들레 꽃씨처럼
영글은 씨앗을 매달고 날려보낸 말은
몇마디나 되었을까?
그 씨앗 중 단 하나라도
좋은 땅에 떨어져 꼭꼭 묻혔다가
새 싹을 틔우고 알곡이 될 수만 있다면
온종일 숱하게 흘려보낸
값없는 모든 말들을
기쁘게 용서 받을 수 있을 것 같습니다

예수님의 질문

"누가 내 옷에 손을 대었느냐?"
"어찌하여 떠들며 울고 있느냐?"
"너희에게 빵이 몇 개나 있느냐?"
"사람들이 나를 누구라고 하느냐?"
"아이가 이렇게 된지 얼마나 되었느냐?"
"너희가 길에서 무슨 일로 다투었느냐?"
"너희는 내가 너희에게 무엇해 주기를 원하느냐?"
"너희 믿음이 어디 있느냐?"
"네 이름이 무엇이냐?"
"그 아홉 사람은 어디 있느냐?"

그 어느 것 하나도 모르셔서 물으신 게 아닙니다

오늘도 주님은 제게 물어 오심으로
저의 현 주소를 보게 하십니다

희망을 보는 눈

캄캄한 감방에서도
한 줄기 빛을 보는 이가 있고

대낮에 길거리를 활보하여도
칠흑같이 어둡게
세상을 보는 이도 있습니다

알베로니라는 분은
새로운 것을 보는 것보다
모든 것을 새로운 눈으로 보는 것이
더 중요하다고 했습니다

절망을 보던 눈에 희망이 보인다면
당신은 하나님과 동행하고 있습니다

한 걸음만 더

오늘도 한 걸음만 더
사랑하자
배우자
희생하자
소망하자
기도하자
마음을 비우자
높은 곳으로 오르자
한 걸음만 더
한 걸음만 더

하루살이

달리는 자동차 유리창에
하루살이 한 마리
정신 못차리게 나대더니
없어져 버렸네

벌써 제 생명 다해
죽어 떨어져 버렸나?

갑자기
영원하신 하나님의 존전에 선
하루살이 같은 내 모습이 보이네

그렇게 하찮은 내가
무엇이 그리 대단하다고
마음을 상하고 신경을 쓰며 살랴

살아있는 짧은 날 동안에
사랑이나 마음껏 나누다가

주님 부르시는 날

기쁨으로 나아가 뵈오리

보내시는 하나님

전지 전능하신 하나님께서
손수 행하실 수 있는 일을
서툴고 실수덩어리인
나에게 하라고 보내십니다

마치 부모가 해 버리면
쉽고도 완전할 일들을
어린 아기에게 가르치기 위해 맡기듯

실수하면 도와 주실 주님을 믿고
두려움 없이 보내시는 곳으로
순종하여 갑니다

보라색

보라색을 보면 왜 나는
그리도 평화롭고 행복해 질까?

어떤 빛깔이 어떤 이에게 기쁨이 되듯이
내 빛깔이 하나님의 기쁨이 되면 좋겠다

어김없이 찾아오는 계절

아직은 손에 잡히진 않지만
가을이 오고 있네
아침저녁 불어오는
서늘한 바람 수레 타고

산골짜기에 다소곳이 피어오르는
연보랏빛 흰빛 드레스
화사하게 차려입은 구절초는
가을 신랑 앞에서 걸어 들어오는
수줍은 신부 같아라

어김없이 찾아오는 계절 앞에 서서
어김없이 찾아올 내 삶의 마지막을 생각하며
최후 승리를 주실 주님을 바라보네

내 위치

세월 따라 바뀌는 것들도 많지만
그중 제일은 위치인 것 같습니다

한 때 나는 딸 자리에 있었는데
지금은 친정 엄마 자리에 있고
한때 나는 며느리 자리에 있었는데
지금은 시어머니 자리에 있습니다

내가 어디에 서 있는 가에 따라
내 시야의
각도가 변한다는 것을 깨달았습니다

한때는 모든 딸들의 입장이더니
지금은 모든 어머니들의 입장입니다

시간의 흐름에 따라 변하는 내 위치에서
사물을 보고 판단할 것이 아니라
시간과 공간을 초월하여 불변하시는

하나님 아버지의 위치에서
모든 것을 바라볼 수 있고
분별할 수 있기를 소원합니다

하나씩 보내며

오른손 검지 손가락 첫 마디에
관절염이 수줍은 듯
소리도 없이 찾아왔습니다

늘상 아픈 건 아니지만
가끔씩 손을 쓰면
그 손가락에 통증이 오기에
그 친구가 날 찾아온 줄 알았습니다

참 신기한 건
그 친구가 찾아오기 전에는
난 검지 손가락이 그리도
많이 쓰이는 줄 몰랐습니다

아프다고 내게 신호를 보낼 때에야 비로소
검지 손가락이 그곳에서 얼마나 오랜 세월
이름도 없이 빛도 없이
날 섬겨 주었다는 걸 알게 되었습니다

검지 손가락은 내게

아직 아프다는 신호를 보내지 않는

수없이 많은 나머지 지체들이

소리 지르기 전에

더욱 소중히 다루라고 이야기 합니다

사랑 예찬

세상에서 가장 아름답고 소중한 것은
사람과 사람 사이에 흐르는 사랑입니다

사랑만 있다면 많고 많은 장애물도
훌쩍 뛰어 넘을 수 있습니다

사랑은 온갖 허물을 가려주고
용서하게 하며
고난의 길도 피하지 아니하고
기꺼이 나를 줄 수 있게 합니다

모든 인간들의 문제는
사랑을 상실함에서부터 시작하며
모든 문제의 해결도
사랑의 회복에서부터 시작됩니다

찬양

우리의 존재의 근원이시요
삶의 과정에 길잡이가 되시며
영원한 미래의 약속이신
주님을 찬양합시다

우리 입술에 찬양이 머무는 한
우리의 입술은 범죄할 수 없나니
이 세상의 가장 아름다운
언어들을 골라서
주님이 행하신 일을 찬양합시다

깊은 산골에 흐르는
맑은 시냇물 보다 더 맑고
아침 이슬 먹고 갓 벌어진
꽃송이 보다 청초하며
영겁을 업고 산을 지키는
그 바위보다도 더 굳건하고
갓난 아기를 바라보는 엄마보다

더 깊은 눈길로
우리를 바라보시는 분

가장 아름다운 마음과 언어로
그 분을 찬양합시다

닦아 둔 길을 달리며

어제는 하루 종일 눈이 내렸습니다
오늘 아침에 차를 몰고 나가려는데
밤사이에 길을 맑게 치워 놓았습니다

나의 수고와 공로도 없이
얼마나 많은 이들이 닦아 둔 길들을
나는 당연한 듯 밟고 살아 왔던가요

주님이 피를 뿌려 닦아 주신
구원의 길
선진들이 피흘려 찾아 준
조국의 길
신앙의 길
앞서 살다간 이들이 깨우쳐 열어 준
지식의 길
부모님이 보여주신
삶의 바른 길
······

내 공로 없이 닦아 두신 길 위를 달리며
그들의 은혜를 기억하면서
나 또한 누군가의 갈길을
앞서가며 닦아 줄 수 있기를 소원합니다

갈릴리 청년 예수

소박한 어촌에
갈릴리 청년 예수님이 거니시었네

그분이 거니시던 그 땅은
병자와 가난한 자와 죄인들
세상에서 인정 받지 못하고
가뭄에 말라 쩍쩍 갈라진 땅처럼
영혼은 피폐하고 희망에 목마른 이들이
넘쳐났었네

그들 중 하나처럼
그들 속에 스며 드셨던 예수님

그런데 그분이 가시기만 하면
언제나 어디서나
죽음이 삶으로
질병이 치유로
저주가 축복으로

절망이 희망으로
미움이 용서로 바뀌는
기적이 일어났었네
나 또한 그들 속에 스며들어서
청년 예수님 만나면 좋겠네

공원 의자

누구든 쉬어가라고
눈이 오나 비가 오나
아무 말없이
언제나 그 자리를 지켜 온 공원 의자

홀로 있을 땐 외로워 보이지만
누구든 발길을 멈추고
잠시라도 앉아 쉬어갈 양이면
자기 허리 아픈 줄도 모르고
행복해 하는 공원의자

세월이 지날수록
낡고 썩어가는 공원의자

얼마나 많은 이들이 앉아 쉬어 갔는지
아무에게도 자랑하지 않는 공원의자

얼굴들

우리 집에 있는 모든 물건들이
오늘은 사람의 얼굴처럼 보입니다

컵에 꽂힌 칫솔은 저를 바라보고
어서 이를 닦으세요
책상 위 컴퓨터는
어서 들어와 글을 쓰세요
가즈런히 꽂혀있는 책들은
어서 집어 들어 읽으세요

내게 속한 모든 것들이 나를 바라보며
쓰임 받기를 기다리고 있습니다

나 또한 여기 존재함은
주님께 쓰임받기 위함이라고
모든 것들이 나를 바라보며
생각나게 합니다

주인 의식

우리는
불행이나 고통이나 실패가 오면
남의 탓으로 돌리는데
너무 익숙해져 있습니다만
잘 생각해 보면
나의 불행이나 행복을
타인이 결정하는 건 아닙니다
내 삶의 주인은 나라고
주님은 내게 생명을 맡겨 주시며
말씀해 주십니다

운전자

달리는 차를 보면
그냥 자동차가
제 홀로 달리는 듯 보이지만
그 안에는 반드시 운전사가 있습니다

내 삶도
내가 홀로 달리는 듯 보이지만
실은 내 안에
주님이 운전대를 잡고 계십니다

/

4부

살아있음
만으로도

산 위에 올라

오르기 힘든 산 정상에 오른 산악인처럼
2011년이라는 산의 정상에 올라
험준했던 지나온 산 길을 내려다 봅니다

산을 타는 모든 과정은
제 몸의 근육을 단단하게 해 주었고
신선한 공기는
폐의 기능을 튼튼히 해 주었습니다

무엇보다도
사랑하는 주님의 손을 꼭 잡고 오른 산행길
많이 행복했습니다

"네가 선 곳은 거룩한 곳"이라신 하나님
이렇게 신을 벗고
당신 앞에 감사의 제단을 쌓습니다

오 ~ 에벤에셀의 하나님

당신의 은혜로우신 손길로

이 해도 여기까지 인도하셨나이다

할렐루야

버리지 못하는 것

잘 버리는 사람과
못 버리는 사람이 있습니다
저는 잘 버리지 못하는 사람입니다

쓸데없는 건 잘 버려야 하지만
소중한 것은 간직하는 게 좋습니다

늘 행복을 느끼는 사람에 대한
흥미있는 통계가 나왔는데
사진이나 편지 등 추억을 간직해 두고
가끔 열어 보면서
행복한 순간들을 기억하는 사람

그냥 생각으로만
행복했던 순간을 떠 올리는 사람

과거는 접어두고
현재에만 충실한 사람

이 셋 중에
첫 번째 부류에 속한 사람의 행복지수가
가장 높았답니다

저는 참 행복하다는 생각을 자주하는 사람인데
참으로 많은 추억거리들을
버리지 못하고 모아두고 삽니다

흘려 보내는 사랑

사랑은
시냇물이 위에서 아래로 흐르듯
흘려 보내는 것이어야 합니다

사랑이 민둥산의 바위를 치고 돌아오는
메아리처럼
되돌아오리라 기대하지 마십시오

사랑의 샘 근원이
마르지 않기만을 기도하십시오

사랑의 물줄기가 흘러 가는 길에
말라가던 들풀도 살아나고
송사리 떼들도 물에서 놀게 하십시오

흘러 흘러 보내는 사랑만이
살리는 사랑이요
열매 맺히는 사랑입니다

크신 하나님

하늘이 땅을 덮고 있듯이
하나님의 은혜가
내 삶을 덮고 있습니다

땅이 하늘을 피할 수 없듯이
나도 하나님의 품을 떠날 수 없습니다

눈을 감으나 뜨나
나는 하나님의 품 안에 있습니다

하나님의 크심 때문에
나의 작음은 아무 문제가 되지 않습니다

그분의 위대하심과
그가 하신 위대한 일들을
내 영혼은 날마다 노래할 뿐입니다

자연은 내 친구

시끄러운 소음 속에서도
엄마의 귀에는
아기의 목소리가 잘 들리듯이

자연을 사랑하면
세상의 소음을 넘어
자연의 음성이 들립니다

길가의 작은 들풀은
"나는 행복해요
당신이 절 보아주시니까요"

나뭇잎 사이로 나르는 새는
"저처럼 당신도 자유하세요"

하나님이 지으신 자연 속에는
하나님의 마음이 담겨 있습니다

바람에 흔들리는
나무 잎들도
하늘 캔버스에 담긴
그림같은 구름도
"사랑으로 오늘 하루도
곱게 수놓으세요"라며
제게 손을 흔듭니다

곁에 있고 싶은 사람

누구든 내 곁에 있고 싶어하는
사람이고 싶다면
벌들이 꿀을 얻기 위해 꽃을 찾듯이
줄 것이 있는 사람이어야 합니다

만나는 이들에게 나는 무엇을 줄 수 있을까?
그 일이 제겐 매일의 과제입니다

이유를 모를 때

당신이 왜 지금 그곳에 있어야 하는지
왜 지금하는 그 일을 해야 하는지
왜 그 일은 일어났어야만 하는지
언제까지 기다리고 있어야 하는지
그 이유들을 모르실 때는
하나님을 바라보아야 하는 때입니다

이유가 없이 일어나는 일은
하나님에게는 없습니다

하나님이 왜 나를 이곳에 두셨을까
하나님이 왜 그 일을 허락하셨을까
이렇게 방향을 바꾸어 생각하면
하나님은 그 해답을 나도 모르는 사이에
살고 있게 해 주십니다

살아있음 만으로도

길섶에 새로 돋아난 연한 풀들이
지나가는 산들 바람에 한들 한들 춤을 춥니다

한낮 연약한 풀잎들도 무심한 내 마음에
가슴 설렘을 줄 수 있다면

살아있는 것 만으로도 나인들
왜 나눌 것이 없으리

보이진 않아도

지금 눈에 덮여 있다고
땅속에 생명이 없는 것이 아닙니다

봄볕이 따스히 땅을 덥혀주는 날
숨박꼭질하던 아기가
숨었던 곳에서 뛰어나오듯
연두빛 고은 새 옷 입고 고개 내밀어 인사할
정다운 친구들이
우리의 발밑에 숨쉬고 있습니다

지금 눈에 보이지 않는다고
없는 것처럼 생각지 마세요

거룩한 용기

모든 동물은
자신을 보호하려는 본능이 있으며
이것 또한 창조주의 선물입니다
자기 자신을 위험으로부터 보호하지 않으면
어떻게 생명을 지켜낼 수 있을까요

그런데 이런 자아보존 본능으로
남을 죽이기까지 하는 사람을 봅니다

그런데 주님은 남을 살리기 위해서
자신을 내어 주셨습니다

이웃의 유익을 위해서
나를 기꺼이 희생할 줄 아는 거룩한 용기를
제게도 주십사고 기도합니다

빛나는 보석

살아있는 나의 기쁨은
심장이 뛰고 있어서가 아니요
내 안 깊은 곳에 살아계신
아름다운 분 때문입니다

어린 시절부터
이날까지 단 한번도
나를 버리신 적도
모른다 하신 적도 없이
암닭이 병아리를 품듯
나를 품으시고 사랑해 주신 주님

내 안에 빛나는 아름다운 보석

스치는 것에도

'오늘은 그 누군가가
그리도 살고 싶었던 내일'이라 했던가

'오늘은 내게 남겨진 날의 첫 날'이라 했던가

앞서 간 시인들의 싯귀를 떠올리며
오늘을 더 없이 소중함으로
가슴에 끌어 안습니다

주위의 모든 것들을
마치 처음 보듯이 눈여겨 보고
주위에서 들려오는 소리를
다시는 들을 수 없는 소리인 양
귀를 세워 들어봅니다

발에 걸리는 조약돌 하나도,
구구 구구 멀리서 들려오는 비둘기 소리도
얼어붙었던 겨울을 녹여

봄을 데려오느라고
한창 애쓰는 햇살도 정겹습니다

이 땅을 떠나면 다시는
만져 볼 수도
들어 볼 수도
느껴 볼 수도 없는
이 땅에서만 누릴 수 있는
보잘 것 없는 그 무엇에도
노래를 지어 불러주고 싶습니다

수정같이 맑은 이슬이라든가
어미의 입김같은 봄바람이라든가
신부의 드레스 같은 흰구름이라든가 하면서

알아주고
느껴주고
칭찬해 주고

축복해 주며

스쳐가며 살고 싶습니다

누가 압니까?

저는 지금
대단한 꿈이 있는 것도 아니고
대단한 일을 하고 사는 것도 아닙니다

그저 하나님을 온 마음으로 사랑하고
주신 생명을 감사하며
매일 긁적긁적 글을 쓰고
손에 닿는대로 책을 읽으며
"주님이시라면 어떻게 하셨을까"
이 생각을 하며
이웃을 대하고
욕심없이 살아갈 뿐입니다

쓸모없는 돌(石)일지라도
예술가 손에 들려지면
아름다운 조각품이 되어 나오듯

나 주님 곁에

이 모습 이대로
어청거리다 보면
주님 손에 들려
그 어느 날
그 분이 원하시는 작품이 되어 있을지
그 누가 압니까?

한번 더

사랑하다가 상처를 받았다고
다시 사랑하기를 포기하지 마세요

신뢰하다가 배신 당했다고
다시 신뢰하기를 주저하지 마세요

노력했다가 실패했다고
다시 시도하기를 두려워하지 마세요

한번 더
한번 더
당신을 향하신 주님의 뜻이 이루기까지
멈추지 마세요

작은 승리

큰 승리를 꿈꾸기 전에
작은 승리의 기쁨을 맛보며 살기로
오늘 다시 선택합니다

하기 싫어질 때 하기
뒤로 밀어두고 싶을 때 즉시 하기
떠오른 생각이 지워지기 전에 실천하기
작은 일부터 계획하고 실행하기

오늘도 자꾸 꾀가 나려는 자신을
정신 세계
영적 세계에 굴복시키며
작은 것도 못하면서
어떻게 큰 일을 하랴

작은 승리 작은 승리
속으로 타이르며 움직입니다

독서 삼매경

책을 펴고 앉으면
나를 잊고
딴 세상 속으로 여행가네

내가 어릴 때 꿈꾸었던
미지의 세계로 날아도 가고
비단결 같이 감미로운
추억의 세계로 되돌아도 가 보네

입장료도 내지 않고
왕궁에도 들어가 살아 보고
억울하고 눌린 자들의
한많은 가슴도 느껴보네

책 갈피 갈피 넘기노라면
글자와 글자 사이는
어느 결에
아직 남아있는 내 삶의

밭고랑 되고

나는 또다시 쟁기잡고

새 꿈을 꾸네

나의 기도는

나의 기도는 이것입니다

내게 생명을 주는 모든 것들로부터
배우게 하소서
새벽의 신선한 공기를 마실 때
나도 세상을 오염시키지 않고
정화시키는 자가 되게 하소서

풀잎에 반짝이는 새벽 이슬을 볼 때
주님 눈에 반짝이는
맑은 이슬이 되게 하소서

새파란 하늘을 머리에 이고 걸을 때
누군가에게 새파란 희망이 되게 하소서

아름다운 풀잎을 내미는 땅을 밟을 땐
나도 낮아져서
누군가의 거름이 되게 하소서

주님이 내 삶 언저리에 보내주신
아름다운 것들을
하나도 놓치지 아니하고
배울 지혜를 주소서
이런 기도로
하루 온종일을 살게 하소서

밤에 올리는 기도

감사의 제사로 하루의 막을 내립니다

제 인생에 허락하신 귀중한 오늘을 감사합니다
오늘 제 곁에 허락하셨던 이웃을 감사합니다
오늘 제게 누리게 하셨던 모든 것들―
공기도, 하늘도, 나무도, 음악도, 건강도, 가족도
모두 모두 감사합니다
하나님을 아버지로 모시고 행복했던 오늘을 감사합니다
하나님 앞에 떳떳하게 살았다고는 할 수 없지만
하나님 앞에서 살았음을 감사합니다

오늘 행한 행동이나 말에서
저도 모르는 사이에 범죄함이 있었으면
용서해 주소서

이 고요한 밤에
고요한 밤을 누리지 못하는
고뇌하는 이들을 기억하여 주시옵소서

고통 중에 있는 이들과
외로운 이들 가슴에
별빛 소망을 내려 주시옵소서
이 밤이 생의 마지막 밤이 될 이들을
당신의 나라에 영접해 주시옵소서

주님, 이 아름다운 한 날을 접고 안식할 때
당신의 사랑 안에 단잠들게 하소서
주님의 이름으로 기도합니다. −아멘−

보이지 않는 곳에서도

하나님의 나라는
마치 땅에 씨를 뿌림 같아서
농부가 자고 깨는 동안에
싹이 나고 자란다고
주님은 말씀하셨습니다

하늘나라는 위대한 이들로 인해
괄목한 만큼 성장하기도 하지만
저처럼 보잘 것 없고 작더라도
떨어져서 썩을 수만 있다면
보이지 않는 곳에서도
새싹은 트고 자라리라고
주님은 말씀해 주십니다

5부

/

그런 날이
있습니다

예수님만

진리가 분분한 세상에서
예수님만 바라봅니다

두 갈래 길에서도
예수님만 바라봅니다

생명이 위태로운 곳에서도
예수님만 바라봅니다

오직 주님만이
길이요
진리요
생명이시기에

내 할 말은
언제나
예수님만
예수님만 바라보고

정다운 벗

언제나 내 곁을 지켜주는
책은 나의 정다운 벗

이 다정한 벗으로 인하여
나의 세계는
한없이 광활하며
심오하고
아름답기도 하고
때론 슬프기도 합니다

인생 선배들의 지혜도 배우고
천재들의 두뇌 속을
휘집고 다녀도 봅니다

보이지 않는 하나님의
심장도 헤아릴 수 있으며
나와 다른 생각들을
내 안에 담을 수도 있습니다

거룩한 이들의 글은
나의 영혼을 맑혀주고
아름다운 시들은
내 심장을 두근거리게 합니다

이 땅에 사는 동안
언제나 함께 할 수 있는
정다운 벗
책을 주신 하나님
감사합니다

찾을 수는 없어도

찾을 수는 없어도
잊혀지지 않는 이들이
긴긴 세월을 잊었는지
그냥 자리잡고 내 안에 삽니다

내 나이 많으니
지금쯤은 이미
이 세상에 없을지도 모르건만

어릴적 함께 놀던 친구는
어린 얼굴로
청년 때 정답던 이들은
청년의 모습으로
내 안에 살고 있습니다

다시는 만날 수도 없고
찾아낼 수도 없건만
그리운 지난날 정든 이들이

책갈피에 고히 눌러 둔 꽃잎처럼

내 가슴속 갈피 갈피

소중하게 담겨 있습니다

가을은

가을은
소중히 여기는 것들이
더 소중해지는 계절입니다

시간도
정열도
사랑도
희망도
꿈도
건강도
사랑하던 이들도

언젠가는 낙엽이 지듯
앞을 다투며
내 곁을 떠나 버릴 것만 같아
가슴이 시리도록
아끼는 계절입니다

온 세상이 고요하게 잠든
깊고 깊은 밤에도
저는
아직도 내게 남겨진 것들이
이토록 소중하여
아껴 아껴 쓰느라
밤을 사윕니다

가을은
보내기 안타까운 계절입니다

깨어진 거울

당신 자신을 비추는 거울은
깨어진 거울은 아닌지요?

그 거울에 비추인 모습이
"나" 일꺼라 믿고 계신 건 아닌지요?
금이 간 거울에 비추인 모습은
당신의 참 모습이 아닙니다

당신은 하나님께서 지으신
세상에서 오직 하나뿐인
진정 아름다운 작품입니다

시간과 나

나이가 드는 속력보다
더 빨리 달려가는 시간
잡아 맬 수는 없지만
알차게 꼭꼭 채우고 싶어라

다시는 돌이킬 수 없는 시간
다시는 돌이킬 수 없는 내 삶

한번 밖엔 만날 수 없는 시간들
빈 손으로 떠나 보내지 않으리

나태해 지려는 유혹과
다급해지는 소명감 사이에서
오늘도 주님의 도우심으로
소명이 이기길 기도하네

불 이익

저도 여러분들도
그럴듯한 크리스천으로
살아가고 있지만
참 모습이 들어나는 순간은
자신에게 불 이익 올 때입니다

모두들 주님의 뜻을 내세우며
열을 올릴 땐
참으로 심각한 혼돈이 옵니다

그러나 정확한 판결기준은
자기가 팔팔히 살아있는가
언제나 자신은 빠지고
십자가가 살아있는가 입니다

자신에게는 불 이익
하나님과 이웃에는 이익

이것이 참 그리스도인으로 살고 있는지

알아내는 쉬운 척도입니다

앞서 달려가는 꿈

태어나면서부터 우리는
늘 앞 날을 바라보는 꿈을 꿉니다
꿈이란
바라는 소망이요 목표입니다

신기루처럼 꿈은 언제나
손이 닿을만한 거리에서
내게 손짓합니다
조금만 더 달려 오라고

오늘도 그 손짓따라
포기하지 않고 달려갑니다

아직도 도달하지 못한 인격
성화되지 못한 신앙
이루지 못한 작품세계
그곳을 향해 손을 뻗히며
오늘도 달려가고 있습니다

낙엽 닮은 나

떨어지는 낙엽은
떨어지는 눈물을 닮았다

정든 나무와 헤어지는 낙엽처럼
한번 만나면
언제나 이별은 오고야 마는 법

어디를 가나 정을 들여 놓고는
훌쩍 떠나가야 하는 나는
어쩌면 그리도
떨어져 내리는
가을 낙엽을 닮았을까

신묘한 처방

어떤 상황에서도
가장 빠르고 확실한 처방은
하나님을 찬양하는 것입니다
나의 반석
나의 요새
나의 피할 바위
나의 힘

무소부재하시고
전지 전능 하시며
영존하시는 아버지

그의 독생자를 보내사
우리의 죄를 담당시키사
우리를 구원해 주신 하나님

그분을 우러러 뵈옵고 찬양하노라면
하늘을 덮은 구름이 태양에 밀리듯

모든 근심과 두려움 물러가고
해맑은 하늘이 보입니다

중학교 시절 친구들

반세기를 돌아와 다시 만난
중학교 시절 친구들
그들의 손녀가
우리가 처음 만났던 또래가 되었다는데
우린 그냥 그대로 머물러 있다

어느 것 하나 변하지 않은 채
그대로 그리운 옛날을 옷에 묻힌 채 왔다

참으로 신비롭다
어떻게 그럴 수 있을까?

영원히 가버린 옛날이
친구들 옷에 붙어
꿈꾸듯 내게로 찾아왔다

여전히 순수하고 정답고
착하고 아름답고

따뜻하고 포근한
중학교 시절 친구들은
나를 향하신 또 하나의
놀라운 하나님의 축복이요
상급이었다

옷깃만 스쳐도

섭리와 인연은 보이지 않는 끈입니다
옷깃만 스쳐도
엄청난 하나님의 일이
거기서부터 시작될지도 모릅니다

제 삶을 돌아보아도
전혀 알지 못했던 이들과
옷깃을 스치듯 만난 인연이
꿈도 꾸어 보지 못한
하나님의 역사로 이어짐을 봅니다

당신 삶의 언저리에서
오늘 당신의 옷깃을 스치는 만남이
어쩌면
하나님의 설계일런지 누가 압니까?

충격(impact)

충격에도 두 종류가 있습니다.
죽음을 가져오는 충격과
생명을 가져오는 충격입니다

사람들은 너무 심한 충격에
쓰러지기도 하고
심장이 멎어버리기도 하지만

심장이 멈추었던 사람도
심장에 전기 충격을 가하면
소생하기도 합니다

마땅히 해야 할 선
당연히 할 수 있는 선을 넘으면
사람들은 신선한 충격을 받습니다

예수님이 우리에게 오신 것은
신선한 충격입니다

엄청난 충격으로

남에게 상처를 주는 일은 그치고

신선한 충격으로

살려내는 일을 이제 시작합시다

불균형

육체의 나이는 노인반에 진급했건만
정신의 나이는 청년반에 주저 앉아 있습니다

남들은 육체의 나이로 나를 대하는데
나는 정신의 나이로 세상을 봅니다

마치 두 다리의 길이가 다르면
쩔뚝거리듯
육체와 정신의 길이가 달라
저의 삶은 균형을 못잡고 절뚝거립니다

육체의 나이도 아니고
정신적 나이도 아니고
세월이 가면 갈수록
알곡이 여물듯
영적인 나이가 무르익어
성숙된 인격으로
주님과 사람 앞에서 살기를 기도합니다

그런 날이 있습니다

애틋하도록 지나간 날이 그리워지는
그런 날이 있습니다

꼭 무어라 표현할 수는 없지만
문이 닫힌 방으로 스며드는 연기처럼
아스라한 그리움이 가슴에 스며드는
그런 날이 있습니다

아름다웠노라고
당신이 거기 있어 주어서 행복했노라고
이야기해 주고 픈
그런 날이 있습니다

꽁꽁 얼어 붙은 땅 속에서도
새싹을 다시 틔워내려고
움틀대는 구근처럼
내 속에 무언가 꿈틀거림이 느껴지는
그런 날이 있습니다

믿음으로

히브리서 11장을 읽다가
열번이나 반복되는
"믿음으로 ＿＿는 ＿＿하였고"에
제 눈이 갑니다

저도 제 이름을 넣어 봅니다
"믿음으로 영자는
알지 못하는 땅으로 와서
하나님이 주시는 약속을 받았고
자손 두 세대가 번성하는 복을 누렸고
영적 자손들을 얻었나니……"

앞으로 남은 날도
말씀에 순종하는
믿음의 삶을 살아서
"믿음으로 할머니는……"
"믿음으로 어머니는……"
후손들의 가슴마다 피어날

고운 이야기들을

소설처럼 엮으며

매일 매일 살기를 소원합니다

나에게 시간은

나에게 시간은
덧없이 흘러가는 물이 아니요
채워가는 그릇입니다

가득 채워지면
주님의 잔치자리에 들어 갈
주님의 잔입니다

아직 조금 더 남은 시간의 잔을
깨끗하고
아름답고
성결하고
후회 없는 사랑으로
차곡차곡 채워서
두 손에 받쳐들고
주님 부르시는 날
기쁨으로
주님 앞에 나아가렵니다

만져지는 하나님 사랑

내 삶의 언저리에는
만져지는 하나님의 사랑이
하나님의 현존으로 나와 함께 합니다

중병으로 잃을 뻔 했던 남편
잃었다가 다시 찾은 성경
잃었다가 다시 찾은 컴퓨터
성경 갈피에 끼어 둔 나뭇잎 속에 숨긴
치유된 아픔

하나님은 내게 이토록 신실하셨건만
하나님께는 늘 약속을 지켜드리지 못하는
아직도 철이 들지 못한 나

자식이라고 그래도 버릴 수 없어
오늘도 나를 바라보고 계시는
하나님의 연민의 눈동자

꿈꾸는 자

요셉은 '꿈을 꾸는 자'라는 별명을
형들에게 받았습니다
저도 그렇게 불릴 수 있다면 좋겠습니다

나의 꿈은 찬란하지 않습니다
밤에는 하늘의 별들을 세고
해가 뜨면 눈부신 꽃들을 세며
하루를 사는 동안엔
만나는 이들을 사랑하며 살고픈
가난하도록 소박한 꿈입니다

그러나 꿈이 있고 없음은
내가 살아 있는가
죽어가고 있는가를
당신에게 말해 줍니다

6부

/

그냥 피는
들꽃처럼

그냥 피는 들꽃처럼

우리 주위를 돌아보면
심지도 않고 가꾸지도 않아도
그냥 피어나는 들꽃들이 있습니다

그냥 피어나는 들꽃처럼
그냥 살아있기만 해도
내가 아름다우면 좋겠습니다

이토록 꽃이 닮고 싶어서
오늘도 나는 들꽃을
그냥 지나치지 못합니다

함께 사는 삶에는

함께 살아 간다는 건
함께 만들어 가는 예술입니다

무지개의 일곱 가지 색깔처럼
사랑
용납
이해
양보
배려
인내
희생
이 일곱 가지 색을 잘 배합하여
더불어 사는 삶을 채색한다면
아름다운 작품이 될 것입니다

혹시 그림이 맘에 들지 않으면
사용하지 못한 색깔은 없는지 살펴보고
다시 붓을 들면 좋겠습니다

민감함

나이가 들어도
어린 아기의 부드러운 피부처럼
예민하게 느낄 수 있다면 좋겠습니다

한센병은
감각이 마비되는 병이라는데
아름다운 것을 보아도
고운 소리를 들어도
불쌍한 사람을 보아도
아무 느낌이 없다면
나 또한 한센병자

주여
지극히 작은 것에도 감동할 줄 알고
미미한 변화도 감지(感知) 할 수 있으며
바람처럼 스치는 모든 것에도
감사할 수 있으며
습관처럼 반복되는 일상 속에서도

당신을 만나며 살고 싶습니다

주여
살아 있는 동안
민감함을 잃지 않게 하소서

마늘을 까면서

마늘을 까면서도
작은 마늘 안에 감추어 주신 선물들이 신비해
마늘을 만드신 하나님을 생각합니다
창조주께서는
어쩌면 이런 생각을 하셨을까?

영양분, 항균작용, 체력증강
우리에게 필요한 온갖 것 갖추어
작은 마늘 알알이 영글게 하시고
오래 저장해도 마르지 않도록
겹겹히 옷 입혀
우리에게 주신 하나님

아직도 건강한 열 손가락 놀려
정교하게 짜 입힌 옷
한겹 한겹 벗기니
속 살 들어내는 수줍은 열매
어린 아기 살결처럼

곱고 부드러워라

하얀 마늘 손에 잡고
주님 감사해요
주님 사랑해요
귀한 선물 받은 연인처럼
감격한 마음으로 나 사랑을 고백하네

나이가 들어가는 건

나이가 들어가는 건
슬픈 일이 아니요
아름다운 일입니다

늙어 지는 것이 아니요
무르익어 가는 겁니다

앞을 보고 달리던 경기장에서
경기를 마치고
감사함으로 땀을 닦는 순간들입니다

설렘의 파도를 타는 흥분보다는
아침 태양이 바다를 물들이듯
고운 추억으로 물이든 바닷가를
주님 손잡고 함께 걷는
그윽한 즐거움의 시간입니다

나를 이룩하기 위한 꿈보다는

남을 세워주고 싶은 꿈이
더 깊어가는 시기입니다

사계절이 다 아름답듯이
지금 내가 맞이하는 이 계절은
또 얼마나 아름다운지요

들어가는 나이를 즐길 수 있도록
나를 이 땅에 아직 남겨두신 건
또 얼마나 망극하신
하나님의 은총인지요

숨겨진 힘

땅 속에 묻힌 씨앗이
땅 속에 있어서 보이지 않지만
때가 되면
싹이 나고 꽃이 피고 열매를 맺듯
우리 안에도
엄청난 힘이 숨어 있을지 누가 압니까?

초능력적인 사랑의 행위가
그런 숨겨진 힘의 발산입니다

생각지도 못한 곳에서
생각지도 못한 사람이
생각지도 못한 일을 해 내는 것을 봅니다

초월적인 주님이 우리 안에 계시면
그 분이 자신을 들어내실 것입니다

쉬운 결정

살아가다 보면
갈래 길도 만나고
사거리도 만나고
어디로 가야 할지
당황할 때가 종종옵니다

이럴 때 쉽게 결정하는 길은
내게 올 유익을 생각하기보다
어떤 길로 가면
주님이 원하시는 길일까?
무엇이 더 중요한 일일까?
이렇게 생각하는 것입니다

제 경험으로는
주님이 뜻하시는 길은
우리가 생각하는 만큼
복잡하지 않습니다

익숙한 자리

대단히 중요한 일이 겹쳐서
우왕좌왕 경황이 없을 때
그 긴장감을 잠재우는 마음이 있습니다

그런 위급한 환경이
전에도 있었다는 깨달음입니다

학창 시절에는
시험 때마다 그랬었고
남편 도와 목회 할 때는
시도 때도 없이 중요한 일이
한꺼번에 덮쳐서
당황하기도 했습니다

그러나 돌아보면
잘 했건 못했건 주님의 도우심으로
무사히 통과했습니다

앞날이 불분명 할 때마다
과거를 돌아보고
여기까지 인도해 주신
그 에벤에셀의 하나님이 계시니
염려하지 않습니다

스며드는 습기처럼

홍콩의 기온은 습해서
방에 방습기를 놓으면
창문을 모두 닫아 두어도
4시간 후엔 통에 물이 가득찹니다

스며드는 습기를 막을 길이 없듯이
내 삶에 스며드는 주님의 사랑 또한
막을 길이 없습니다

나도 스며드는 습기처럼
선한 영향으로
이웃의 옷깃을
적신다면 좋겠습니다

비 오는 날

해가 쨍 나는 날을
활짝 웃는 꽃처럼 더 좋아하는 나
그러나 비가 내리는 날도
고마운 날임을 압니다

우리 삶에도
항상 웃을 일만 있는 것이 아니라
눈물 흘리는 날도 있지만
비가 와야 화초가 성장하듯
그런 날도 필요한 날임을 기억하며

어제는 해가 나서 행복했지만
오늘은
비가 내려서 감사하고 있습니다

어린 아이들의 세계

아이들의 세계는 신비롭습니다
무슨 큰 일이 난듯 울어서 보면
정말 하찮은 것 때문입니다

어른 눈에는 중요하지 않은 것에
그들은 목숨을 겁니다

모든 것의 중심은 항상 '나'입니다
가르쳐 주려고 하면
알지도 못하면서 안다고 합니다
위험한 곳도 모르고 달려갑니다

하나님의 눈에 비친 저도
꼭 그럴 것만 같아
혼자 쓴 웃음을 지어봅니다

첫 장과 마지막 장

인생의 마지막 장을 쓰면서
첫 페이지를 여는
아기들을 바라보노라면
감회가 깊습니다

새 것은 항상 아름답습니다
빛나고 탐스럽습니다
아무 이유없이 절로 사랑이 갑니다

그러나 오래된 것은
탐스럽지도 사랑스럽지도 못합니다
사랑의 여로도 그런건 아닌가 싶습니다

마지막 장을 쓰면서
첫 장이 더 아름다웠노라고 부러운 눈으로
뒤를 돌아보지 않을 수 있다면 좋겠습니다

세월에 씻겨내려 낡아진 사랑이

처음 시작하던 날의 사랑 앞에서
조금도 부끄럽지 않다면 좋겠습니다

마지막 장이 첫 장보다
더 깊고 오묘하고 고울 수 있기를
기도합니다

가을 마중

가을이 오고 있는데
앉아서 기다릴 수 없어
사랑하는 이를 맞으러 가듯
마중 나갑니다

제게 다가오는 앞날의 불확실한 미래도
마지못해 맞이하지 아니하고
가을을 마중 나가는
이 설레는 감사의 마음으로
달려 나가서 맞을 수 있기를 바랍니다

주름진 골 마다 감사

언젠가부터 저는
"젊어 보이세요"라는 말을
자주 듣게 되었습니다
젊어 보인다는 말은
늙었다는 말입니다

오늘 아침에는
거울에 비친 내 얼굴에서
늘어가는 주름을 보았습니다

주름진 얼굴을 볼 수 있기까지
살아있게 해 주신 그 은혜
여기까지 생각이 미치자
주름은 축복이었고
영광이었고
하나님의 긍휼하신 은혜였습니다

골짜기를 흐르는 시냇물처럼

이 생소한 얼굴 골마다
감사의 물줄기가 흘러갑니다

가을은

가을은
지난 세월 내 삶의 여정에서
내 가슴에 사랑들을 떨구어 준 이들에게
안부를 묻고 싶어지는 계절입니다

비록 주소는 몰라도
그리운 마음 단풍잎 엽서에 적어
가을 바람에 띄워 보내고 싶습니다

당신도 단풍 잎이 발 앞에 구르거든
잠시나마 저를 생각해 주십시오

사랑의 잔

주님이 내게 채우라고 주신 삶이
빈 잔이라면
나는 사랑으로만 가득 가득 채워서
내 삶의 잔이 넘어지거나
깨어질 때에
쏟아져 나오는 것은
오직 사랑 뿐이기를 소원합니다

바다와 한 방울의 물

나 부모가 되어
나는 없고
자식만 보이는 사랑을 하다보니
부모의 사랑과 자식의 사랑은
저울에 달아볼 가치도 없네

하나님이 내려 주시는 사랑과
내가 드리는 사랑도
달아 볼 수 있을까?

깊고도 깊고
넓고도 넓어
끝이 없는 대양이
하나님의 사랑이라면
하나님께 드리는 나의 사랑은
한 방울의 물이었네

대답이 궁한 질문

"언제가 가장 행복하셨나요?"
누가 내게 이렇게 질문하신다면
저는 이렇게 되묻고 싶어요
"어느 날 해가 가장 밝았던가요?"
"어떤 구름이 가장 멋졌던가요?"
"바닷가 모래 중에
 어느 것이 가장 예쁜가요?"

주님 때문에 행복한 나는
오늘도 고운 모래 사장을
맨발로 걸으며
이 모래처럼 셀 수 없는
주님의 사랑을 느끼고 있습니다

놓치지 말아야 할 것들

소중한 것들은
늘 깊이 감추어져 있어서
잘 보이지 않습니다

바람부는 날엔 춤추는 나뭇잎
비오는 날엔 벌컥 벌컥 목을 축이는 잔디의 밝은 미소
해가 뜨거운 날엔 눈이 부시도록 짓 푸른 하늘
몸이 아플 땐 아픔을 느낄 수 있는 신경
어려움이 닥칠 땐 숨겨 두신 하나님의 축복

스치는 사람들 속에서 생명의 아름다움
내게 해를 끼친 이들 속에서 하나님의 긍휼하심
맺어진 인연 속에서 하나님의 섭리

산들바람이 내 볼을 스치는 달콤한 키스
은혜를 베풀어 준 이들의 희생의 값
가족의 사랑으로 엮어진 빛나는 진주 목걸이

이렇게 세다보면 끝이 없습니다

놓일 뻔 한 것들들
붙잡는 법을 터득할 수만 있다면
달인된 어부처럼
매일 행복을 낚으며 살 수 있습니다

감성과 감정

나이가 들어 갈수록
감성은 더 예리해 가고
감정은 둔해 진다면 좋겠습니다

예민한 감성으로
하나님께서 지으신
경이로움이 가득한 세상을 바라보며
사람들 속에 감추인
밤하늘의 별처럼 빛나는
아름다움에 눈이 부실 수 있고
어린 아이들이 발산하는 생명의 힘을
매일 산소처럼 들여 마시며
떠가는 흰구름 한 조각을 바라보면서도
감사해서 눈물이 핑 도는
내가 될 수 있으며

반대로
감정은 무디어진 칼 처럼 둔해져서

누가 뭐라해도 마음이 다치지도 않고
나에게 무관심 해도 관심도 없고
기쁜 일에도 너무 촐랑거리지 않고
슬플 일에도 무너지지 않을 수 있다면
이 나이에
참 예쁘게 살 것 같습니다

영의 시력

보이지 아니하는 것을
보이는 것들 안에 감추어 두신 하나님

그러기에 보이는 모든 것들 속에서
보이지 않는 하나님의 능력과 신성을
볼 수 있어야
영의 눈이 밝은 사람입니다

영의 눈이 뜨이면
눈에 보이지 않는 보배로운 것들을
보이는 만물 안에서 보고
육안으로 뵐 수 없는 하나님을
만나며 삽니다

7부

열과 얼음

추운 날씨

이상 기온으로
1월에도 봄날 같더니
드디어 살을 애는 추위가 왔습니다

겨울이 겨울다워지니
저도 저 다워지고 싶어집니다

나를 지으신 하나님의 딸 답게
나를 키워주신 부모님의 딸 답게
크리스천답게 살려면
나는 오늘 어떻게 살아야 할까

추워서 오버 깃을 올리며
이 생각 품고
오늘의 문을 나섭니다

열과 얼음

열에 녹지 않을 얼음은 없습니다
얼음이 두꺼우면 두꺼울수록
녹이는데 시간이
좀 더 걸릴 뿐입니다

나만의 세계

나만의 세계를 가진 나는
참으로 행복한 사람입니다

군중 속에 있다가라도
언제든 나의 세계로 돌아올 수 있는
나만의 세계가 있어서 행복합니다

누구도 침범할 수 없고
빼앗을 수 없는 나만의 영토
시를 쓰는 내 마음입니다

이 마음이 있어서
폐허의 땅에서도
돋아나는 새 싹을 보고
먼지 속에서도
한 줄기 햇살을 저는 봅니다

한 잔의 커피처럼

커피를 유난히도 좋아하는 나
아침에 눈을 뜨자마자
커피부터 내리는 나
홀짝 홀짝 커피를 마시며
살아있음이 행복해 지는 나

나는 누구에게
커피 한잔 만큼이라도
행복을 느끼게 해 주며 살았던가?

클클하면 생각나는 사람이
되었던가?

어수선한 마음을 정리해 주는
촉매제가 되었던가?

추위를 녹여주는
따스함이 되었던가?

커피를 마시다 말고
가만히 커피잔을 손에 들고
상념에 빠집니다

무명인의 감사

무명인으로 사는 것은
이름없는 날들이 복된 것처럼
그 또한 축복입니다

우리는 늘 드러나고 싶은 욕망이 있지만
드러나지 않고
숨어 핀 꽃이라고
꽃이 아닌 건 아닙니다

2월을 맞으며

눈 속에서도 꽃을 피울
2월이 왔습니다

춥고도 긴 겨울도
오는 세월을 막아내진 못합니다

밖에는 눈이 내리고 있는데
내 마음은 벌써 설레고 있습니다

설경 저 넘어로
봄꽃이 보이는 제 영혼은
절망보다는 소망에 익숙하고
불평보다는 감사에 길들어서
어미 사슴 곁에서 걱정없이
눈 밭을 뛰어다니는
어린 사슴을 참 많이도 닮았습니다

소중한 당신의 마음

당신의 마음을 소중히 여기기에
편지 한 장도
카드 한 장도
저는 쉽게 버릴 수가 없습니다

내가 드린 편지가
내 어머님의 수첩 속에
곱게 접혀 간직되어 있었듯이
내가 받은 당신들의 마음 또한
곱게 접어 내 마음 속에
소중하게 간직하고 있습니다

사랑을 담은 당신의 마음은
어찌 그리도 따뜻하고
신비롭고
감미로운지요

폭염 속에서도

푹푹찌는 무더위 속에서도
내 베란다 화초는 아랑곳없이
아름답게 꽃을 피웁니다
아침저녁으로 열심히
물을 주고 돌보는
제가 있기 때문입니다

내 인생에 어떤 가뭄이 와도
나는 염려 없습니다
사랑의 주님이
제 주인이시기 때문입니다

얼마나 좋은건지

배고픔을 느끼는 게 얼마나 좋은 건지
배탈로 고생해 보면 압니다

아픔을 느끼는 게 얼마나 좋은 건지
한센병을 앓는자라면 압니다

건강한 게 얼마나 좋은 건지
건강을 잃어 보면 압니다

얼마나 좋은 건지
얼마나 좋은 건지
지금이 얼마나 좋은 건지

우린 왜
잃어버리기 전에는
잘 모르고 살아가는 것일까요?

때가 차면

때가 찬다는 의미를
다시 되새김질 해 보며
조금 더 인내하기를 원합니다

하루만 더 기다린다면
한 시간만 더 참는다면
조금만 더 계속한다면
어떤 일이 일어날지 누가 압니까?

내가 목적한 바가
내가 꿈꾸는 세계가
내 꿈이
정녕 이루어지기를 원한다면
오늘도 멈추지 말아야 합니다

지금 보이지 않아도
계속 할 수 있는 것이 믿음입니다

숲으로 가자

바람이 손짓하는 숲으로 가자

밤 사이 내린 이슬에 젖은 나무 잎들은
불빛 아래 반짝이는 다이아몬드처럼
아침 햇살에 눈부시게 반짝거리고

새 하루를 감사하라고,
너를 지으신 하나님을 찬양하라고,
자연처럼 사심없이 살아가라고
각 색 고운 새들이 짹짹짹 노래하는 숲

너와 나 함께 손잡고
하나님의 사랑이 산소처럼 가득한
울창한 숲으로 가자

불편이 주는 유익

어제는 우리 아파트 이웃의 공사로
수돗물이 한동안 끊겼습니다

불편해서 불평스러워질 때
물을 길어오기 위해
줄을 서야했던 6.25 후 삶이 생각났으며
이 아파트 들어오기 전에 우리도 공사했는데
내 이웃들은 얼마나 불편했을까 생각하며
지금도 홍수로 지진으로 세계 처처에서
마실 물도 없이 고생할 사람들이 떠올랐습니다

이런 생각이 떠오르는 동시에
잠시 불평스러웠던 마음은 사라져 버리고
주님 앞에 머리를 숙여
감사의 기도와 중보의 기도를 올렸습니다

발산

생명체는 언제나
무엇이든 발산합니다

그것이 생명의 기운일 수도
냄새일 수도
영향력일 수도 있습니다

자신이 원하든 원하지 않든
느끼든 느끼지 못하든
우리도 무엇인가를 발산하고 있습니다

나는 무엇을 발산하며
내 주변에 어떤 영향을 끼치고 있을까?

내 안을 예수님으로만 가득 채워서
예수님의 향기만 발산할 수 있다면 좋겠습니다

내가 선 곳이

지금 내가 선 곳이
주님이 내게 줄 재어 주신
사명의 땅입니다

지렁이가 땅을 비옥하게 하듯
나 비록 미천하여도
내가 여기 있음으로
척박한 땅이 비옥해 질 수 있다면
더 바랄 것이 없습니다

잘 못 산 삶 / 잘 산 삶

한 번 밖에 살아 볼 수 없는 짧은 삶
잘 못 살 수도 있고
잘 살 수도 있습니다

죄없는 판사 한 분을
법조계에 대한 자신의 불만 때문에
폭발물을 편지에 넣어 보내 살해한 범인이
30년간 옥살이 하다가
어젯밤에 처형되었다는 기사가
큰 얼굴 사진과 함께 실렸습니다
참으로 잘 못 살아온 한 인생을 봅니다

아무 흠도 죄도 없으신 예수님은
우리의 죄를 대신 지시고 돌아가셨습니다
그분의 죽으심과 부활로 인해
우리는 생명과 부활을 약속받았습니다

죽이는 삶 – 잘 못 사는 삶

살리는 삶 - 잘 사는 삶

나는 예수님의 제자임을 망각하지 않고
남을 살리며 살게 하소서 기도합니다

나를 바라보는 것들

내가 바라보는 것들은
나를 바라보며 웃는다

경대 위의 사진들은
그리움과 추억을 안겨주고
벽에 걸린 시계는 시간을 알려 준다

걸상은 앉으라고 초청하고
책들은 친구가 되고 싶다고
나를 바라본다

커텐 사이로 유리창은
자연을 바라보라고 유혹하고
벽에 걸린 카렌다는
오늘의 일정을 알려준다

내 주위의 모든 것들이
내게 도움을 주기 위해 존재하듯이

나 또한 나를 바라보는 이들에게
무엇인가 돌려줄 수 있기를
소박하게 소원하는
하나님이 주신 예쁜 아침

십자가를 통과해야

눈부신 봄이 시작되는
부활절 아침을 기다리며 기억합니다
부활 전에 십자가의 고난이 있었음을

새 아기가 태어나기 전에
어머님의 진통이 있었음을

새 날이 밝기 전에
칠흑 같은 밤이 있었음을

당신에게나 나에게 어려운 일이 있습니까
건너 뛰고 싶은 강이 있습니까
이럴 때마다 주님의 고난 당하심과
그분의 부활을 기억해야 합니다

내가 오늘 여기 있음도
지난날의 고난이 있었음이며
오늘 새 생명을 누릴 수 있음도

주님의 고난과 십자가의 은총 때문입니다

십자가를 꼭 가슴에 품고 살길 원합니다
십자가를 소중히 여기길 원합니다

그 길을 향해 걸으셨던
주님을 기억하는 사순절에
철저히 낮아지길 원합니다

8부

/

충분합니다

나를 싫어하지 않게 하소서

주님 앞에 모자람이 되는 것 같아서
내가 나를 싫어하지 않게 하소서
그건 겸손도 회개도 아니며
단지 사탄의 속삭임임을 알게 하소서

남과 비교하는 잣대로 나를 재거나
내 이상의 잣대로 나를 재지 아니하고
나를 지어 놓으시고
바라보시며 흐뭇해 하실
하나님의 잣대로 나를 재게 하소서

잘못 살고 있으면 고치면 되고
모자라면 주님의 능력으로 채우면 되고

주님 앞에서 감사로 살아가며
언제든 주님이 필요하다 부르시면
"네~" 대답하며 순종하는
주님의 착한 딸만 되게 하소서

나의 간절한 소원은

어떻게 살아야 주님이 들어나실까?
어떻게 말해야 주님이 들어나실까?
어떻게 사랑해야 주님이 들어나실까?
어떻게 낮아져야 주님이 들어나실까?

이것만이 저의 관심사가 되기를
오늘도 간절히 기도합니다

이 세상에 사는 동안
나 하나 있었던 자리가 아니라
주님이 머무셨던 자리가 되길
오늘도 기도하고 소원합니다

사랑하기에 부족한 시간

언제나 모자란다 느끼는 건
사랑하기에 부족한 시간입니다

"여호와는 나의 목자시니
내게 부족함이 없으리로다"
다윗의 싯귀를 입에 달고 살며
내게 주신 모든 것에 만족하건만
만남 후에 헤어지려고 하면
왜 사랑할 시간은
늘 이토록 모자라는지요?

내게 부족한 한 가지는
물질이 아니요
사랑하기에 모자란 시간입니다

나팔꽃처럼 나도

어려서 나의 뜰에서 자라며
이른 아침이면 활짝 피던
나팔꽃을 향한 향수가
이국 땅에서도 강한 집착으로
 내 안에 살고 있습니다

금년엔 겨울이 길어
기다리다 기다리다 지칠 즈음에
늦게 찾아온 반가운 봄을
누리지도 못하고 떠나야 할 긴 여행에
작년에 받아 둔 꽃씨가 안쓰러워
베란다 화분에 심어두고 부탁했습니다

"내가 없어도 비가 오거든 비 맞고
싹 티워 꽃 피워주렴아 ~~"

두 달만에 돌아오니
아~ 반갑게도

신실하게 꽃을 피우고 나를 기다립니다

다만 심었을 뿐인데
돌보아 주지도 못했는데
이리도 곱게 피어 준 나팔꽃

이 땅에 나를 심어 두시고
꽃을 기다리시는 하나님 앞에
나는 이렇게 신실했던가
돌아보며 부끄럽습니다

나팔꽃(Morning Glory)을 바라볼 때마다
주님을 기억하고
주님께 영광 돌리기 위해
나 또한 살아야 함을 기억할 것입니다

이토록 사랑스러운 건

정민이가 이토록 사랑스러운 건
그 아이가 내 손자이기 때문입니다

썩 잘 생긴 것도 아니요
미모가 뛰어나다거나
세상에서 제일로 똑똑한 것도 아니건만
눈에 넣어도 아프지 않게 예쁜 건
그 아이가 내 손자이기 때문입니다

하나님이 날 사랑하심도
내가 잘나서도 아니요
공로가 있어서도 아니요
단지 내가 하나님의 자녀이기 때문임을
정민이를 사랑하며
다시 깊이 깊이 깨닫습니다

매일의 새로움

다람쥐 쳇바퀴 돌듯
똑같이 반복되는 일상이라 해도
아침마다 일어나서
포도 움이 돋았는지
꽃술이 퍼졌는지
석류 꽃이 피었는지 바라볼 수 있다면
아~ 얼마나 아름다운 새날인지요!

과거를 간직하는 법

오직 알곡만 그릇에 주어 담듯이
저는 과거를 꺼내어
오직 감사한 일들과
아름다운 이야기들만 추려내어
오래 오래 간직하렵니다

내 가슴은 이것 저것 다 담아 두기엔
너무 협소하니까요

보여주는 삶

예수 그리스도를 증거하며 살아야 할 우리에겐
막중한 책임이 있습니다
보면 믿겠다는 사람들에게
보여 주는 삶을 살아야 하는 것입니다

아무리 성경을 읽어도
설교 말씀을 들어도
믿어지지 않는 사람들에게는
보이는 증거가 필요한데
그게 바로 당신과 저의 삶이어야 합니다

원수를 사랑하라신 주님의 말씀이
단지 주님의 말씀일 뿐이라고 생각하는 이들에게
아니라고, 그건 실천 가능한 말씀이라고
당신과 저는 보여 주어야 합니다

살아있는 주님의 말씀으로
매일 매 시간 살게 해 주시라고

오늘도 겸손히 무릎 꿇고
간절한 마음으로 기도합니다

어린이 에너지

해 아래 있으면 햇살을 받듯이
어린이들 곁에 있으면
어린이 에너지를 받습니다

아침부터 흥얼대는 노랫소리
새처럼 쫑알거리는 말 소리
쿵닥 쿵닥 마룻방을 뛰어 다니는 발 소리
이렇게 고운 음악이 또 어디 있을까요?

어린이 에너지로 소진해 가는 열량을
가득 가득 넘치도록 채웁니다

짐 싸는 인생

내 인생에 요즈음처럼
짐을 많이 싼 적이 있나 싶습니다
버지니아로 이사하느라 짐을 싸고
다시 뉴저지로 잠시 올라가야 해서 짐을 싸고
선교지로 떠나야 하니 짐을 싸고

그러면서 깨닫게 되는 건
짐을 싸는 사치스러운 행복도
힘겨운 번거로움도
이 땅에서 살며 누리라고 허락하신
우리의 분복이라는 것을

주님이 부르시는 하늘나라에 갈 때는
짐 쌀 일도 없이
영혼 하나 맑게 준비해 두었다가
사뿐히 주님 뵈러 가야 하리라는 것을

기억 속에 함께 사는 이

헤어진 후 반세기가 넘도록
다시 만나 본 일도 없는데
어제 헤어진 것처럼 생생하게
기억 속에 함께 사는 이가 있습니다
어떻게 그럴 수가 있나요?

그런 사람들은 마치 사진을 꺼내어 보듯
잊혀질 만하면 기억 속에서 꺼내어 추억하고
또다시 고이 간직하기를 반복했던 사람입니다

애틋하게 맺은 주님과의 첫 사랑도
날마다 생생하게 기억하려면
매일 꺼내 보고 다시 간직해야 합니다

행복의 비결

돌아올 건 관심도 없고
줄 것만 생각합니다

본인의 선행은 기억하지 못하고
받은 은혜는 잊지 못합니다

남의 허물은 잘 안 보이고
자기의 허물은 잘 보입니다

내게 해를 끼친 일은 잊어 버리고
내가 해야 할 도리만 합니다

내 공적은 안 보이고
일을 이루신 하나님만 보입니다

감사의 목록은 끝이 없고
불평거리는 구름낀 하늘의 별처럼
잘 보이지 않습니다

고아처럼 외로워하지 않고
하나님을 아버지로 모시고 삽니다

예수님의 말씀으로 옷 입고 살면
느낌도 없이 몸 안을 돌고 있는 피처럼
행복 또한
딩신의 온 몸을 돌고 있을 것입니다

과거를 조명하는 현재

뛰어노는 아이들을 바라보는데
철없이 뛰놀던 내 어린 시절로 돌아가고
어미의 심정으로 찢어진 옷을 고치면서
내 옷을 기워 놓으셨던 어머님을 본다

그때는 몰랐던 소중한 사랑이
내가 그 자리에 선 오늘
무너지는 감사로 바뀌어 가슴을 가득 메운다

지난날을 감사하라고
오늘을 주신 하나님의 사랑에
또 감격하는 아침

새해를 공손히 받으며

지나간 한 해
곳곳마다 기근과 테러와
범죄와 자연 재해로 인하여
수많은 이들이 생명을 잃었건만

이 하잘 것 없는 나의 생명을 보존해 주셨고
새해를 다시 허락하심이
너무도 감사하고 감격스럽습니다

자녀들이 어버이라고
극진히도 챙기는 사랑을 받으며
나는 하나님 아버지께
지난 한 해 어떻게 해 드렸던가 회개합니다

아무도 사용한 적이 없는
깨끗한 2018년 새해를
두손으로 공손히 받으며 기도합니다

새해를 주신 하나님의 기대에
실망 드리지 않고
하루 하루를 채우며 살겠습니다

새해에도 이 땅에 평화를 주시고
주의 복음이 널리 널리 전파되도록
주님의 증인으로 살게 하소서

새해 한 해도 나와 함께 하여 주소서
저도 주님 곁을 한시도 떠나지 아니하고
늘 주님의 마음 헤아려 살겠습니다

간절한 마음으로 기도하며
이 밤을 맞고 있습니다

충분합니다

오늘도 충분히 행복합니다

아름다운 날씨에
눈부신 태양과 자연에
글을 쓸 수 있는 맑은 마음에
글을 읽어 줄 사람들까지
이곳 저곳에 널려 있으니

이만하면
충분합니다
충만합니다
감사합니다
아름답습니다
더 바랄 것이 없습니다

하나님을 찬양함이
내 입에서 떠나지 아니하니
이만하면

충분합니다
분에 넘치도록 차고 넘칩니다

이제는 이 충만함 흘려 보내오니
이웃도 충만케 하소서

고운 말 쓰기

우리는 하루 종일
말을 하기도 하고 듣기도 하면서
이웃과 관계를 맺으며 살아갑니다

같은 이야기를 하더라도
사용해야 하는 수많은 언어가 있습니다

기왕이면 부드러운 표현
남에게 상처가 되지 않을 단어
한걸음 더 나아가서
용기와 희망과 기쁨이 설레게 하는
그래서 듣는 이로 하여금
한 편의 아름다운 시를 읽듯
잔잔한 감동의 물결을 일게 하는
감동의 물결을 일게 하는 고운 말들을
그림을 그리는 사람이 색을 고르듯
선택하여 사용하길 기도합니다

좋은 생활 습관

저의 좋은 습관 중의 하나는
언제나 내가 앉았던 자리를
떠나기 전에 한번 더 돌아 보는 것입니다

손을 씻고 나서는
혹시 물기가 세면대 위에 남아 있지나 않은지
어디를 갔다가 돌아올 때는
혹시 떨어뜨린 물건은 없는지
내가 머물던 곳은
그 전보다 조금이라도 깨끗해졌는지

이 사소한 생활 습관이
이제는 더 궁극적인 습관
즉 내가 이 세상을 떠난 후에도
내가 살았던 자리가
내가 없었던 때보다 더 나아졌는지
늘 점검하며 사는 습관으로
발전하기를 소망합니다

이 땅에 "하늘나라" 만드는 길
– 신 "천로역정"의 "성화(聖化)" 과정

정정호(문학비평가, 중앙대 명예교수)

예수께서 이르시되 내가 곧 길이요 진리요 생명이니
나로 말미암지 않고는 아버지께로 올 자가 없느니라
(「요한복음」(개역개정) 14장 6절)

신앙 시를 쓰는 것은 쉬운 일이 아니지만 그럼에도 바람직한 일이다. 기독교의 경우 인간의 불완전한 언어로 절대자인 삼위일체 하나님의 거룩함, 그에 대한 순종, 경건한 마음, 기도, 사랑 그리고 영광을 성경의 뜻에 알맞게 표현하기란 결코 쉬운 일이 아니다. 잘못하면 하나님의 뜻이 곡해될 수 있고, 그 뜻에 크게 못 미치거나 또는 지나칠 수가 있기 때문이다. 그럼에도 불구하고 훌륭한 신앙시는 가능하여, 인간의 이성, 감성, 영성의 균형 속에서 영광의 하나님과 구원의 예수님을 숭고하게 노래하여 신자나 비신자 모두에게 아름답게 전달될 수 있다. 많은 경우 신앙시에 필요한 이 세 가지 요소가 만족스럽게 표현되지 못한다. 구약시대의 유대왕이며 대시인인 다윗은「시편」을 통해 인간의 언어로 하나님을 찬양하는 불후의 시를 써냈다.

　김영자 시인은 미국에서 오래 살며 한글로 시를 써서 시집『그분 안에서』,『겨울나무 피리』와 "땅에 있는 하늘나라" 시리즈로『어떤 사랑』등 시집 다섯 권을 연작으로 출간한 중견 시인이다. 3년 만에 상재하는 이『당신만 보입니다』는 "땅에 있는 하늘나라" 시리즈 여섯 번째 시집이다. 그동안 오로지 신앙시집만을 출간해온 김 시인의 이번 시집은 전체가 8부로 구성되어 총 148편의 시를 실은 대형 시집이다. 시인은「들어가는 말」에서 이 시집을 내는 목적을 아래와 같이 밝히고 있다.

　　내가 밟고 선 땅 만큼이라도
　　하늘나라 화원으로 꾸미고 싶어서
　　오늘도 사랑이란 씨를 심고
　　김을 매고
　　자갈을 골라내고
　　내가 거름이 되어
　　정성 다해 가꾸어 갑니다.

　시인의 가장 큰 임무는 지상에 "하나님 나라"를 만드는 것으로, 이것은 예수님의 기도문에서 볼 수 있듯이 기독교의 지상목표이다. 시인은 그 대 사명을 이루기 위해 자신의 "시들은 그 과정을 그려내고" 있다고 언명한다.

지상에 하나님 나라를 만드는 "과정"이란 무엇일까? 그것은 바로 구원의 3단계 중 두 번째 단계인 성화(聖化, sanctification) 과정이다. 사실상 기독교인들은 "믿음으로 의인"(justification)이 된 후 하늘나라 영광에 이르는 영화(glorification)까지 이 세상에서의 삶의 대부분이 성화 과정이다. 필자는 『성경』 다음으로 많이 팔린다는 17세기 영국 소설가 존 버니언이 쓴 『천로역정』(The Pilgrim's Progress, 1678)의 주인공 크리스천의 삶 역시 이 성화의 과정이라고 본다. 기독교인들은 모두 하나님 나라를 향해 가는 나그네이며 순례자들이다. 이 성화 과정의 성공 여부에 따라 기독교인의 이 세상에서의 사명 완수의 성패가 결정된다. 『천로역정』을 시로 다시 쓰는 김영자 시인은 바로 이 시들이 기독교 독자들의 마음 밭에 떨어져 "하늘나라 정원"을 만들고자 소망하는 것이다. 이 성화 과정에서 가장 중요한 행동강령은 오직 주님만을 바라보는 것이다. 이 시집 제목을 『당신만 보입니다』로 한 것도 우리는 이 지상의 일상생활에서 "오직 예수"만을 따르고 순종한다는 뜻에서 비롯되었다. 여기에서 그의 시 몇 편만 골라 읽어보자.

시인은 이 시집의 제목과 같은 시 「당신만 보입니다」에서 다음과 같이 노래하고 있다.

무엇을 보아도 늘 당신만이 떠오릅니다.

……

주님, 당신만 보입니다.

슬픔 속에서도

기쁨 속에서도

아픔 속에서도

행복 속에서도

제 눈엔 당신만 보입니다.

내게 자신을 다 내어주신

시인은 축복받은 예수님의 작은 제자임에 틀림없다. 어느 경우에도 어떤 환경에서도 시인은 나를 위해 죽으신 예수님만 바라보는 축복받은 사람이다.

기독교 신앙의 본질은 "역설"의 지혜로, 예수의 죽음에 이르는 십자가 희생으로 사랑을 실천하고 부활과 구원에 이른다. 우리는 죽으면 살고 살고자 하면 죽으며, 높아지고자 하면 낮아지고 낮아지고자 하면 높여진다니 놀라운 역설이다. 우리가 흔히 "죽어서 천당 간다"는 말은 죽은 후에 지상과 구별되는 하늘나라에 간다는 뜻도 있지만 "자신이 죽어야" 천당 갈 수 있다는 뜻도 가능하다. 기독교인들은 날마다 자신을 버리고 예수님을 중심에 모시고 그 주

권을 인정하고 순종하면 그 마음속에 이미 하늘나라의 능력과 영광을 누릴 수 있다. "해"바라기가 항상 태양을 바라보듯이 우리 모두는 주 예수만을 바라보는 "주"바라기가 되어야 한다.

「갈릴리 청년 예수」라는 시에서 시인은 병자, 빈자, 죄인, 억압받는 사람들로 가득 찬 희망 없는 이 세상을 30세부터 단지 3년만을 복음 사역한 청년 예수가 바꿔놓은 모습을 보여준다.

> 그런데 그분이 가시기만 하면
> 언제나 어디서나
> 죽음이 삶으로
> 질병이 치유로
> 저주가 축복으로
> 절망이 희망으로
> 미움이 용서로 바뀌는
> 기적이 일어났었네

이런 세상이 바로 시인이 꿈꾸는, 이 지상에서 예수 믿는 사람들이 만들어내는 "하늘나라"다.

시인은 함께 더불어 살아가는 삶의 모습을 일곱 가지 무지개 색깔로 아름답게 표현한다.

무지개의 일곱 가지 색깔처럼

사랑

용납

이해

양보

배려

인내

희생

이 일곱 가지 색을 잘 배합하여

더불어 사는 삶을 채색한다면

아름다운 작품이 될 것입니다. (「함께 사는 삶에는」 2연)

　시인은 여기에서 무지개 뜨는 세상, 즉 지상의 "하늘나
라"를 그린다. 마음속에 천국을 이미 소유한 기독교인들
이 이 땅에서 서로 더불어 함께 살아가는 일곱 가지 미덕
을 무지개 색 일곱 가지와 등치시킨다. 이러한 하나님께
받은 미덕을 발휘하면 이 세상에서 무지개 같이 아름다운
생명의 공동체, 즉 지상천국을 이룩할 수 있다.

　궁극적으로 이 세상을 하늘나라로 만들기 위해서는 죄
많은 우리를 위해 십자가를 지심으로 우리를 구원해주신
예수님을 따라 우리 자신의 십자가를 질 수밖에 없다.

　　내가 오늘 여기 있음도

지난날의 고난이 있었음이며

오늘 새 생명을 누릴 수 있음도

주님의 고난과 십자가의 은총 때문입니다

십자가를 꼭 가슴에 품고 살길 원합니다

십자가를 소중히 여기길 원합니다. (「십자가를 통과해야」 5~6
연)

십자가는 기독교 교리 중심에 놓여있는 희생과 사랑, 그
리고 죽음과 부활의 상징이다. 예수님의 십자가 사랑은 수
직적 사랑과 수평적 사랑 두 가지로, 수직적 사랑은 삼위
일체 하나님에 대한 무조건적 사랑이며 수평적 사랑은 이
웃을 내 몸같이 사랑하는 것이다. 하나님 사랑과 이웃사랑
이 합쳐지는 이 온전한 십자가 사랑이 이 땅을 하나님 나
라로 만드는 신비한 열쇠이다.

우리의 중심 되신 예수 그리스도를 사도 바울의 말로 정
리해보자.

내가 그리스도와 함께 십자가에 못 박혔나니 그런즉 이제는
내가 사는 것이 아니요 오직 내 안에 그리스도께서 사시는
것이라 이제 내가 육체 가운데 사는 것은 나를 사랑하사 나
를 위하여 자기 자신을 버리신 하나님의 아들을 믿는 믿음
안에서 사는 것이라 (「갈라디아서」 (개역개정) 2장 20절)

우리 자신 스스로가 매일의 일상생활에서 십자가를 지는 것이 믿음의 성장과 성숙을 통해 궁극적으로 영적 원숙에 이루는 첩경이다. 이것 이외에는 다른 어떤 것도 십자가의 사랑을 대신할 수 없다. 입이나 혀와 머리로만 사랑을 울부짖어도 소용없다. 가슴과 손과 팔다리가 함께 움직여야 예수님만 보이고 이 세상을 하나님 나라로 만들 수 있다.

김영자 시인의 시는 쉽고 짧다. 그는 "조용한 열정"으로 감성과 지성과 영성을 신비하게 배합하여 "통합된 감수성"을 믿음으로 승화시켰다. 우리는 그의 시의 단순함과 용이함에 쉽게 속아 넘어가서는 안 된다. 그 "앞"과 "뒤," 그 "위"와 "아래"에 숨겨져 있는 깊고 넓은 뜻을 헤아릴 수 있어야 한다. 시인 김영자는 『성경』의 사랑과 복음의 핵심 요절들을 쉽고 짧게 숭고하게 재창조하였다. 그의 시가 예수님을 모르는 이들에게는 예수님을 알게 되는 은혜의 통로가 되기를 기대하며, 성도들에게는 영혼이 항상 깨어 있게 하는 노래로 듣고 시로 읽혀 새로운 믿음의 보고서를 쓸 수 있는 계기가 되기를 기대한다.

2019. 4. 3.